Gefährten der Stille

Jörg Jacob
Jusche Fret

Sie gingen ohne merkliche Eile durch die verlassene Stadt, der Elefant und der Mann. Das Tier ging mitten auf der mehrspurigen Straße und der schlanke, asketisch wirkende Mann folgte ihm in einiger Entfernung. Manchmal zögerte das Tier, schien sich nicht schlüssig zu sein, ob es nach rechts oder links abbiegen oder seinen Weg geradeaus fortsetzen sollte. Der Mann blieb dann auch stehen und wartete geduldig, bis die Entscheidung gefallen war. Auf einer Kreuzung hob der Elefant den Rüssel und gab einen Laut von sich, der dem Geräusch eines fahrenden Lastwagens ähnelte. Die beiden verharrten einen Moment, und es schien, als warteten sie auf eine Reaktion, aber da war nur der Schall, der von den Gebäudefronten widerhallte und verzerrt zu ihnen zurückkam.

Die Stadt war still und leer, es fuhren weder Autos noch Straßenbahnen und die beiden schienen die einzigen Lebewesen in weitem Umkreis zu sein.

Zu Beginn der vierten Woche, nachdem die Stadt zur Sperrzone erklärt worden war, hatte Anders seine Wohnung erstmals wieder verlassen. In seinem Vorratsschrank gab es noch genug Reis und Konserven, aber er hatte vor zehn Tagen mit einem neuen Bild begonnen und die Arbeit ging ihm dieses Mal nicht mehr so leicht von der Hand wie in den ersten Wochen.

In diesem Jahr war er nahezu jeden Tag in den Zoo gegangen und hatte die Elefanten beobachtet. Er hatte sich eine Jahreskarte gekauft und die meisten Tage vor dem Elefantengehege verbracht. Bald wusste er die Tiere zu unterscheiden, kannte ihre Gewohnheiten, ihre Vorlieben und Abneigungen. Am Anfang hatte er nur konzentriert beobachtet, danach mit den Skizzen begonnen. Es waren lediglich Vorarbeiten, hunderte waren entstanden. Bestimmte Bewegungsabläufe konnte er im Detail nachvollziehen.

Erst später hatte er zu Hause begonnen zu malen. Sein bestes Bild hieß „Voi Nam bei Nacht“. Voi Nam war ein Asiatischer Elefantenbulle. Anders hatte gleich gespürt, dass er das Wesen dieses Tieres erfassen konnte. Es ging ihm nicht um eine naturgetreue Abbildung, der Charakter dieses Lebewesens, seine Wesensart, seine Stimmung – das sollte spürbar sein, wenn man das Bild betrachtete. Er hatte während der Woche, in der er daran gearbeitet hatte, nichts gegessen. Das Malen des Bildes hatte ihn vollständig erschöpft. Aber es hatte sich gelohnt. Anders war selten mit einer seiner Arbeiten zufrieden, „Voi Nam bei Nacht“ aber war gut, das wusste er.

Danach hatte er zur Abwechslung einige Zeit die Tiger beobachtet. Die Tiger waren etwas vollkommen anderes als die Elefanten. Schwieriger auch. Anders hatte lange gezögert, bevor er sich an die erste Skizze gewagt hatte. Die Tiger jedoch wollten ihm nicht recht gelingen. Tagelang hatte er darüber nachgedacht, warum er Elefanten, nicht aber Tiger zeichnen konnte, und es schien ihm schließlich, dass es vielleicht an einer Ähnlichkeit lag, die er zwischen sich und den Elefanten entdeckt hatte. Er konnte die Elefanten lesen. Er spürte, was in Voi Nam vorging, wenn der Elefantenbulle den Kopf senkte, den Rüssel schwenkte. Bevor Voi Nam loslief, wusste Anders schon, dass er sich in Bewegung setzen würde.

Die Tiger hingegen blieben rätselhaft, sie entwickelten ihre Absichten und Pläne im Verborgenen. Man konnte nicht wissen, ob sie im nächsten Moment losspringen oder sich abwenden würden.

Es waren diese unkalkulierbaren Überraschungen, die Anders nicht mochte. Nicht bei Tigern und nicht bei Menschen. Denn es gab, zu diesem Schluss war Anders gekommen, eine gewisse Übereinstimmung im Verhalten der Tiger und der Menschen. Er jedoch fühlte sich den Elefanten nahe.

Schließlich hatte er die Tiger aufgegeben und war zu den Elefanten zurückgekehrt. Doch nach der Unterbrechung wollte ihm ein neues Bild von Voi Nam nicht mehr gelingen. Vor allem deshalb war er jetzt hinausgegangen. Es war kein Verlangen nach der Gesellschaft anderer Menschen in ihm, nur eine unbestimmte Art von Neugier, wie es wäre, die leere, stille Stadt zu durchwandern, die er so noch nie erlebt hatte. Er konnte sorglos mitten auf den Straßen gehen, und es war vollkommen still, nicht einmal mehr Spatzen oder Tauben waren zu hören oder zu sehen, nur grün und türkisfarben schillernde Fliegen gab es in großer Zahl. Ganze Wolken von ihnen schwirrten um überquellende Mülltonnen, die nicht mehr geleert worden waren. Der Exodus hatte begonnen, als bekannt wurde, dass die Stadt ihren Status als Risikogebiet verlieren und in Kürze zur Sperrzone erklärt werden würde. In großer Hast hatten die Menschen die Stadt verlassen, solange es noch möglich war. Vielleicht waren einzelne von ihnen zurückgeblieben, verbarrikadiert in Häusern und Wohnungen.
Anders jedoch begegnete niemandem. Er ging mitten auf der breiten Ringstraße, die das Stadtzentrum umrundete. Manchmal blieb er für einen Moment stehen, lauschte, drehte sich um, blickte hinauf zu Fenstern, konnte aber niemanden entdecken.

Zum ersten Mal fühlte sich Anders in der Stadt frei und sicher. Er ging an dem riesigen dunklen Bauwerk des Bahnhofs vorüber, und er musste lächeln, als er bemerkte, dass er, ohne es sich vorgenommen zu haben, den Weg zum Zoo eingeschlagen hatte. Das Eingangstor stand weit offen. Mit den Menschen hatten auch die Tiere die Stadt verlassen müssen. Anders hatte entgegen aller Vernunft gehofft, dass sie zurückgeblieben sein könnten, doch offensichtlich hatte man die Zootiere nicht vergessen.
Leere Gehege und Volieren.
Der vielstimmige Chor der Tierstimmen war verstummt.
Mit einem Mal spürte Anders Unbehagen, einen Verlust. Er ging langsamer, um nicht zu schnell anzukommen. Er hatte noch immer ein wenig Hoffnung in sich, obwohl das unsinnig war, denn auf keinen Fall würde man gerade die Elefanten zurückgelassen haben. Anders dachte daran, wie er vor mehr als einem Jahr zum ersten Mal vor dem Elefantengehege gestanden hatte. Wie er bemerkt hatte, dass sich die Elefanten untereinander verständigten, eine eigene Sprache teilten. Ein Sensorium, vermutlich im Rüssel verortet, half ihnen, feinste Signale, Infraschalltöne wahrscheinlich, wahrzunehmen. Er hatte auch erkannt, dass sie die Menschen an ihren Stimmen und ihrer Kleidung unterscheiden konnten.
Und er erinnerte den Tag, an dem ihn Voi Nam angesehen hatte, ihn, Anders, als Individuum erkannt haben musste, so wie er den Elefantenbullen.
Dieser kostbare, unendlich lange und intensive Moment, als sie sich minutenlang unbewegt angesehen hatten.

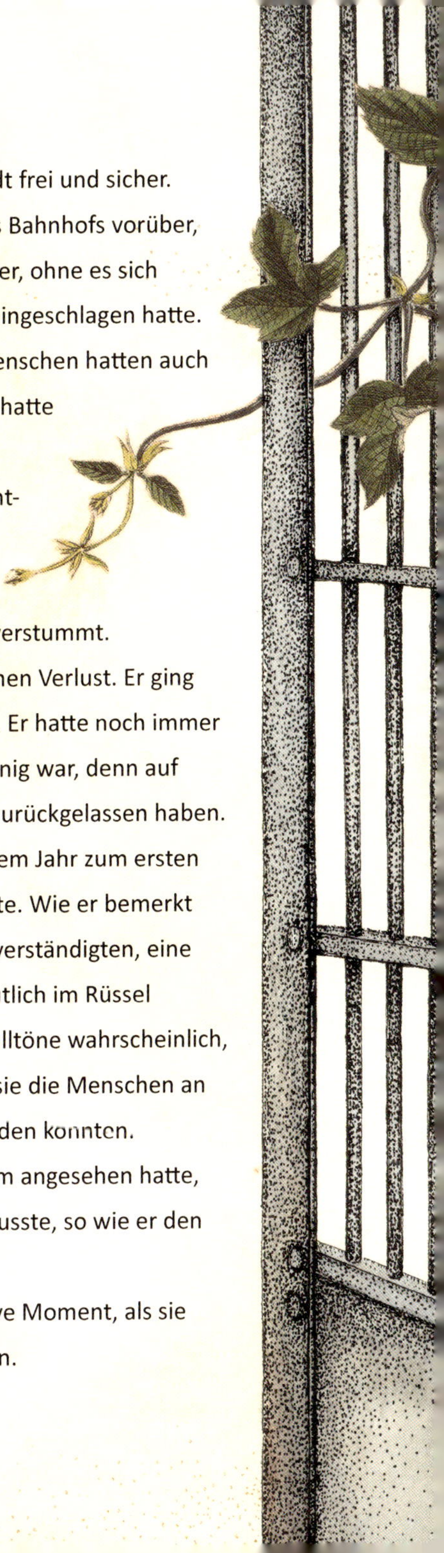

Es war nichts zu hören, aber dann, noch bevor er es sehen konnte, spürte er die Anwesenheit des großen Tieres. Es war eine feine Schwingung, ein Vibrieren, das seinen Körper erfasst hatte. Als er hinter sich das tiefe Schnurren hörte, durchsetzt mit Zirp- und Zwitscherlauten, lächelte Anders.
Die Anspannung löste sich und er drehte sich um.
Eine graue Masse schob sich in wenigen Metern Entfernung an ihm vorbei.

Voi Nam hatte die Straßenkreuzung verlassen und einen kleinen Park angesteuert. Er blieb dort vor einem der Bäume stehen und schien ihn unschlüssig zu betrachten. Anders setzte sich auf eine Bank neben den Baum. Der Baum war eine Akazie. Besorgt beobachtete er, wie sich Voi Nams Rüssel um einen Zweig schlang, ihn zum Maul zog. Akazienzweige haben Dornen, dachte Anders. Er wusste, dass es keine echte Akazie war, sondern eine sogenannte falsche Akazie, eine Robinie.

Aber er mochte das Wort Akazie lieber. Die Bundeslade der alten Israeliten soll aus Akazienholz gewesen sein, dachte Anders. Es war ein äußerst hartes, widerstandsfähiges Holz. Ich wäre auch gern aus einem derartigen Material gemacht, dachte er. Seine Gesichtszüge waren tief eingegrabene senkrechte Rillen, wie sie auch die Rinde des Baumes besaß. Und der Gedanke gefiel ihm, dass auch er selbst ein wenig von der Härte und Widerstandsfähigkeit des Akazienholzes in sich haben könnte.

Der Zweig verschwand in Voi Nams Maul, brach mit einem Knacken weiter ober am Stamm vollständig ab. Voi Nam fraß ruhig, die kleinen Stacheln schienen ihn nicht zu stören. Der Rüssel schlang sich gemächlich um den nächsten Zweig.

Ungefähr 200 Kilogramm Nahrung brauchte Voi Nam täglich. Er würde die ganze Zeit bis zum Abend mit Futtersuche und Fressen verbringen. Anders verspürte keinen Hunger, obwohl es bereits auf Mittag zugehen mochte. Er hatte seine Uhr schon vor längerer Zeit abgelegt, es war sinnlos geworden, eine Uhr zu tragen. Es war auch sinnlos geworden, darüber nachzudenken, ob es Mittag war oder schon der Nachmittag angebrochen war. Allein Helligkeit und Dunkelheit waren jetzt noch von Interesse. War das Licht günstig, um im Freien zu arbeiten?
Wurde es dämmrig und Zeit nach Hause zu gehen?
Zeit, dachte Anders, merkwürdig und unbegreiflich. Ich kann sie allein durch Veränderungen wahrnehmen. Ohne Veränderung würde auch Zeit nicht existieren.

Ich selbst verändere mich. Meine Muskeln werden allmählich schlaffer, die Zähne nutzen sich ab. Mein Blick wird trüb. Für die filigraneren Bereiche meiner Malerei brauche ich seit einiger Zeit eine Lupe. Ich altere, es ist unausweichlich. Doch ich altere langsam, nach Art der Elefanten.
Und jetzt ist alles um mich herum stehengeblieben, die Welt verändert sich nurmehr so allmählich, dass ich es nicht mehr wahrnehme. Allein Voi Nam und ich sind noch in Bewegung. Zeit hat keine Bedeutung für uns.
Voi Nams Futtersuche bestimmt unsere Bewegung und unser Verweilen.
Anders wurde wie nie zuvor deutlich, dass er die Menschen nicht vermisste. Es gab nichts, was ihm fehlte. Immer hatte er nur in Ruhe arbeiten wollen. Kein Interesse an Menschen zu haben – war das schlecht? Er blickte hinüber zu dem Tier. Es stand unter der Akazie, fraß aber nicht mehr. Könnte es sein, dachte Anders, dass ich eines Tages den Wunsch verspüre, Menschen zu zeichnen? Eine merkwürdige Vorstellung, wie ihm schien. Voi Nam wurde unruhig, schlenkerte mit dem Rüssel, setzte sich dann langsam in Bewegung.
Wohin gehen wir? murmelte Anders.
Während er aufstand und dem Tier folgte, gab er sich selbst die Antwort:
Wir gehen, sagte er sich. Wir gehen weiter.

Jusche Fret

wurde 1967 in Leipzig geboren.
Nach einer Ausbildung zur Herrenmaßschneiderin an der Oper Leipzig,
Studium an den Hochschulen für Film und Fernsehen Potsdam-Babelsberg
und für Grafik und Buchkunst Leipzig. 2001 Diplom bei Prof. Volker Pfüller.
Seitdem freiberuflich als Illustratorin/Zeichnerin und Grafikerin hauptsächlich für Verlage tätig.
2007 und 2008 auch Kostümbildnerin und Figurengestalterin für die „Kleine Bühne Naumburg".
Seit 2016 vor allem unabhängige Arbeit im grafischen und figürlichen Bereich.
2009 bis 2023 Lehrauftrag für Historische Schriftformen an der Hochschule für Bildende Künste Dresden im Fachbereich Theaterplastik und-malerei und bis 2014 auch an der FH Dresden.
Jusche Fret hat zwei erwachsene Kinder. Sie lebt und arbeitet in Leipzig.

Jörg Jacob

wurde 1964 in Glauchau geboren.
Nach einer Ausbildung zum Polsterer verschiedene Tätigkeiten in Handwerksbetrieben,
am Fließband, in der Gastronomie und als Hilfspfleger. Abitur am Abendgymnasium
1998 bis 2002 Studium am Deutschen Literaturinstitut Leipzig.
Zu dieser Zeit erste Veröffentlichungen in verschiedenen Zeitschriften und Anthologien.
1999 erhielt er den 1. Preis beim MDR-Literaturwettbewerb.
2006 erschien sein Romandebüt „Das Vineta-Riff", welches mit dem Gellert-Preis ausgezeichnet wurde. Seither veröffentlichte er zahlreiche Bücher in verschiedenen Verlagen u.a. in der Connewitzer Verlagsbuchhandlung. Für seine hier erschienenen Reiseessays „Aus der Stadt und über den Fluss" wurde er 2023 mit dem Johann-Gottfried-Seume-Preis ausgezeichnet.
Jörg Jacob lebt als Autor und Herausgeber in Leipzig.

Impressum
Die Reihe „Geschichten ohne festen Wohnsitz"
ist ein Gemeinschaftsprojekt Leipziger IllustratorInnen
und des Schriftstellers Jörg Jacob.

Gefährten der Stille
Text: Jörg Jacob
Illustrationen: Jusche Fret
Herausgeber: Susann Hesselbarth und Jörg Jacob
Connewitzer Verlagsbuchhandlung, Leipzig 2024
Rechte für Text, Bild und Gestaltung bei den Urhebern
Gestaltung: Susann Hesselbarth
Bildbearbeitung: ScanColor, Leipzig
Druck und Bindung: Thomas Druck Leipzig GmbH

ISBN: 978-3-948814-19-9